곰팡이꽃

시아현대시선 **021**

곰팡이꽃

김기열 시집

인쇄일 | 2024년 12월 10일
발행일 | 2024년 12월 14일

지은이 | 김기열
펴낸이 | 김영빈
펴낸곳 | 도서출판 시아북(詩芽Book)

출판등록 | 2018년 3월 30일
주소 | 대전광역시 동구 선화로214번길 21(3F)
전화 | (042) 254-9966
팩스 | (042) 221-3545
E-mail | siab9966@daum.net

값 12,000원

ISBN 979-11-94392-23-1(03810)

곰팡이꽃

김기열 시집

시아북
시아BOOK

시인의 말

시인은 시각적으로 사물을 보고 사상이나 감정을 함축시켜 언어로 표현하는 예술이 아닌가 싶다. 또 감흥과 사상을 함축시켜 운율적인 언어로 표현하는 글이라고 생각한다.

난 시인이 된 지는 27년이 되었다. 서울 한강에 배 띄어 놓고 배 위에서 문예지 〈문학세계 시부분 신인상〉을 받았다. 모임은 멀미가 심해서 한 번도 가지 못했다. 가끔 특집 시를 보내달라고 하면 우편으로 보내곤 했다. 내가 시인이라고 굳이 사람들에게 알리지도 않았고, 어떤 시인과도 시에 대해 대화한 적이 없다. 물론 시에 관한 공부를 해본 적이 없어 나의 시가 몇 점이나 되는지 나에게 묻지도 않았으며 가끔 짧은 수필과 시를 써 왔다. 머리와 가슴에서 시키는 대로 정직하게 써 왔다.

예전에는 시인이라고 하면 돈도 안 되는 글쟁이라고 무시하고 우습게 생각했다. 지금은 시인하면 은근히 부러워하며 멋지다고 말한다. 나도 중학교 때 국어 선생님이 '파란 하늘'이란 나의 시를 읽어 주서서 그때부터 시인의 꿈을 키워 왔다. 지금도 나름대로 시를 쓰며 가슴으로 느끼는 시인같은 분들이 많이 계시다. 그런 분들이 더 열정을 가지고 열심히 노력해서 모두 훌륭한 시인이 되었으면 좋겠다. 그래서 내 고향 서산이 시인이 많은 서산, 예술인이 많은 서산으로 기억되면 좋겠다. 시인들과 만나면 마음의 평화

까지 느낄 수 있을 것 같다.

　나는 생각한다. 시인은 겸손하고 정직해야 하며 그의 시를 읽는 이들이 감동을 받아 고개를 끄떡끄떡하도록 감동을 선물해야 한다고 생각한다. 그렇게 하려면 시어 속에 감동이 먼저 버무려져야 한다고 생각한다.

　세월이 저만치 겹겹이 흘러 내 나이 78세가 되었다.

　우연히 서산문인협회 창문을 두드리게 되었다. 감춰두었던 내 시가 문협문예지, 시화전, 회원들과의 나눔을 통해 시를 노래하며 살게 되어서 기쁘다. 서산문인협회 식구들의 따뜻한 손길에 감사드린다.

　시집을 내 보라는 이야기를 들었다. 현재 우울증 약을 먹고 있는 내가 과연 시집을 낼 수 있을까 망설이다가 회원들의 격려를 받고 매일 시를 썼다. 그리고 내 생애에 하느님께서 주신 재능으로 시인의 그림자라도 남겨 놓고 갈 수 있다면 어떨까 생각했다. 내 부족한 글이지만, 외롭고 우울한 사람들에게 위로가 되는 시가 된다면 그것으로 감사할 뿐이다.

2024년 가을

김기열

시인의 말　　004

1부
할미꽃

민들레　　013

바람　　014

할미꽃　　015

바위여　　016

잡초　　017

오랜만에 만난 친구　　018

고마운 세월　　020

소라껍질　　022

늙어진 인생　　023

세월　　024

기도　　025

돌아온 사랑　　026

오미자　　027

눈물의 농도　　028

9月　　029

고양이　　030

응급실　　032

2부
곰팡이꽃

간장 게장　　035

곰팡이꽃　　036

갑질　　038

사랑의 시작　　040

내 여인　　041

스포츠카　　042

짝사랑　　043

자기 얼굴도 모르는 사람들　　044

슬픈 낙엽　　045

낙엽　　046

젖은 그림자 커피 한 잔　　047

핸드폰　　048

어머니　　049

인생은 한때야　　050

겸손을 일러준 쬐끄만 봄꽃　　051

불면증　　052

3부
목욕탕 풍경

목욕탕 풍경   055

계절   056

겨울 감나무   057

시인   058

긴 순간   059

가을   060

사랑의 조건   061

꽃   062

꿈   063

아침 해   064

문자   066

수석   067

행복한 여자   068

병원 안   069

황새   070

우리들의 이야기   072

4부

나 요즘 잘 나가

나 요즘 잘 나가   075

사춘기   076

엄마   078

상처 난 거울   079

포도   080

왜 이래   081

추억을 잊어버린 여자   082

인생은 긴 꿈을 꾸며 세상을 다녀가는 여행   083

석류   084

바람   085

나이   086

못다 한 사랑   087

정직   088

양심   089

은빛 억새꽃   090

사람들   091

비   092

눈   093

거실에 핀 단풍   094

5부
심경지철 心境志鐵

가을아　　097

나팔꽃　　098

가족　　099

진정한 용서　　100

혼자가 아니었네　　101

진실한 사랑은　　102

복음 전파　　103

尋隱者不遇 심은자불우　　104

心鏡志鐵 심경지철　　105

風雨 풍우　　106

〈시 해설〉　　109
삶의 궤적 속에서 발견한 무지갯빛 같은 시편들
김명수(시인, 충남문인협회장, 효학박사)

1부
할미꽃

한 마리 나비가
겸손을 배우고 날아갔습니다

민들레

시멘트 바닥 틈에 낀 연약한 민들레꽃
어쩌다 비좁은 어둠 속에 발을 묻고
질긴 목숨 거친 숨을 쉬고 있나

원래는 민들레꽃 땅이었는데
사람들이 시멘트 발라 자기들 땅이라고
도장 찍어 놓았네

밤새 내린 촉촉한 이슬이
온몸을 적셔주니
마른 가슴 눈웃음이 토닥여 주네

시멘트 틈새에서 핀 꽃이 장하다고
그의 이름을 불러주는 이
아주 많아졌다네

바람

두 팔 벌려 바람을 안아 보니 세월이었네

비 오는 날 안아 본 바람은 추억이었네

모양과 색깔을 숨기고 사는 바람은 그리움이었네

창문 틈으로 들어와 웅크린 날 안아주는 바람은 사랑이었네

낙엽을 여행 보내는 것도 바람이었네

열매나 씨앗을 세상에 뿌려 놓아

아름다운 세상을 계속 만들어 놓은 것도

바람, 바람, 바람이었네

할미꽃

나이 늙어 허리가 아파 고개 못 드는 거 아닙니다

몸보다 머리가 무거워 고개 못 드는 거 아닙니다

땅속에서부터 겸손을 양식으로 먹고 자랐습니다

높은 빌딩 화려한 불빛 싫어합니다

자연이 준 넉넉한 품속에서 이슬 먹고 삽니다

한 마리 나비가 내 품에 안겨 낮은 곳에서

날고 싶다고 겸손을 배우고 날아갔습니다

바위여

그토록 아름다운 배경을 가졌는데
그토록 끄떡 않는 힘을 지녔는데도

말없이 겸손한 것은
시건방진 사람들을
교훈하기 위해서라지

숱한 등산객이 너의 등을 짓밟아도
세찬 비바람과 천둥번개가 네 심장을 쳐도
말 없는 바위여!

바위여! 난 너를 사랑한다
말 없는 네가 그저 좋다

잡초

심지도 않았는데 푸르게 크고 있다
몸매 없다 향기 없다 눈여겨
봐주지 않지만, 매일매일
새벽이슬 머금고 깨어났다

무심코 짓밟힌 멍든 가슴에
내 친구 풀벌레 노래로 위로해 주고
소슬바람 춤 선생 다시 찾아와
손잡고 춤춰주는 이웃 있었네

옆 동네 꽃순이 예쁘고 향기 좋다고
뽐내더니만, 허리 잘려 도시로 팔려 갔다
짙푸른 녹색 친구들 많아
꽃순이보다 행복한 걸 이제 알았네

오랜만에 만난 친구

우연히 길에서 만난 옛친구
친구의 높은 톤으로 한 첫마디
너 왜 이렇게 늙었니?

생각 없이 툭, 나왔을 말이
상처를 준다는 걸 친구는 알기나 할까
기분이 별로였다

난 속으로 친구에게 말했다
너도 내 나이만큼 늙었다고
농사짓는 너는 나보다 더 늙었다고

우리가 세 치 혀로 칭찬하고 격려해 주고
세워주는 말을 하면 가까이하고 싶어 하는
친구가 많다는 걸 속으로 말해 주었다

그리움으로 만났던 친구라
밥도 사주고 차도 사 주었다
억지웃음의 손 흔들며 '잘 가!'

그리움 없이 헤어지고, 나를 본다
겉으로 표현하지 못한 내가 소극적이고
마음이 너무 좁았던 걸까?

고마운 세월

자식 가슴에 묻고 퍼렇게 기절했던 날
지금 웃고 있다
낙엽 따라, 가버린 세월 덕분이다

자식 가슴에 묻고 돌아버렸던 난
지금 맛있는 거 챙겨 먹는다
빨간 장미꽃 물들이고 간 세월 덕분이다

자식 가슴에 묻고 몸부림쳤던 난
지금 흥겹게 노래하고 있다
쬐끄만 막내를 넥타이 맨 어른 만들어 놓고 간
세월 덕분이다

찢긴 가슴 목울음 병이
세월이 약 되어 잘 아물었다

타인들은 세월이 가면 늙어짐에 서럽다던데
겹쳐간 세월이 너무 고마워 비둘기가슴 되어
속 눈썹에 이슬이 맺혀진다

알약으로 잠들었던 숱한 날이 이제
예정된 밤하늘에 별이 되어
새벽 문을 노크한다

소라껍질

살 오른 내 속살을 사람들이 빼 먹고 내쳐 버려졌네
짠물로 범벅이 된 사나운 파도가 시간 맞춰 밀려 와
내 살점을 뜯어놓고 가버리네
바다 끄트머리에 앙상히 뼈만 남은 가슴으로
모래알과 찢긴 슬픈 노래 부르는데
타는 듯한 태양마저 이미 버려진 날 숨통을 막네
거센 파도에 작아진 몸집에 바위도 곁눈으로 날 보고 있네
한때는 연인들이 소라껍질로 사랑 노래 불렀는데
이제 모래 무덤 속으로 조금씩 아주 조금씩 잠기고 있네
내 청춘 뺏어간 파도여, 얄미워라!

늙어진 인생

만났다 헤어지고 사랑했다 미워도 했다
울었다 웃어도 봤다 젊어도 보고 늙어도 봤다
원통함의 눈물을 닦지도 못했다

라일락 향기에 취해도 봤다
힘든 사람을 도와도 주고 내 돈도 떼여도 봤다
무가치한 것을 한참 바라보기도 했다

짙은 아픔을 목울음으로 삼켜도 봤다
내 양심이 나를 고발한 적도 있고
저속한 말을 해 보기도 했다

그리움에 적셔진 가슴에 잠들지도 못했다
인생 경험의 조각을 쓸어 안고
쩔뚝쩔뚝 인생 끝자락에 서성인다

날 붙잡아준 지팡이가
오늘따라
내 자식보다 더 고맙다

세월

뒷걸음질할 줄 몰라서 앞만 보고 간다

온갖 시름 순간의 기쁨도 짊어지고 앞만 보고 간다

곁눈질할 줄도 몰라서 앞만 보고 간다

추억 묻은 날들을 가슴에 안고

뚜벅뚜벅 앞만 보고 간다

우리 모두들……

기도

기도하는 순간만은
무릎 꿇은 순한 양 고개 숙였네
생각에 감사한 일 너무 많아
마음에 감사 기도드렸는데
마음에 찬양할 일 정말 많아
입으로 중얼중얼 찬양 기도드렸는데
끝난 기도 생각하니
요청하는 간구기도 뿐이었네
달님 별님 부끄러워
고개 숙인 날 하느님 웃으시며
쉬지 말고 기도하라 하시네

돌아온 사랑

한 가정에 충실한 남편이었는데
자주 만나는 환경 탓으로 다른 여자를 사랑하게 됐어요
내 여자보다 더 매력적인 줄 알았는데
그 여자가 이 여자, 이 여자가 그 여자
똑같은 여자인 것을

세월이 흘러 제정신이 들어 집으로 돌아왔어요
여보, 당신 받아줘서 고마워요
여보, 당신 참아줘서 고마워요
남은 인생은 당신을 가슴에 모시고 살겠어요

내 진심을 받아주세요
내 진심을 안아주세요

오미자

서로 다른 다섯 가지 개성이
사랑으로 빚어낸 오묘한 상큼한 맛
짙은 연분홍 차 마시니
하루 정도는 젊어지겠지

눈물의 농도

휴지로 찍어내는 눈물은
눈물이 아니라 감정이다
마음이 여린 척 마음이 착한 척
옆 사람 흉내 내는 것은 보여주기식 감정

사랑하는 이 떠나보내는 가슴 찢어지는 눈물은
뼛속에서 우러나 온 짙은 피눈물
원통함과 몸부림에 가슴앓이하다 나온 눈물이
내 온몸을 적신다

이 거친 세상 혼자 어떻게 살까
겹쳐진 한숨을 목울음으로 삼킨다
앞치마가 짠 내 나는 무거운 눈물과
슬픔을 안아주며 날 토닥여 준다

9月

푸른 하늘을 지고 가는 구름이 아름답다

키 큰 수수밭 속에서 바람과 해님이
흙 침대에 누워 사랑을 한다

고양이

길옆 숲속 근처에 거친 숨 몰아쉬며
누워있는 쬐끄만 고양이
버린 자와 버려진 자
생명의 존엄성이 실종된 거 같다
가슴에 안아 보니
너무 가벼워 눈물이 핑 돌았다
동물병원에 자주 갔다

살 수 있다는 눈빛을 보니
생각보다 많은 돈이 들어도
아깝지 않았다
온 마음으로 돌봐 주니
애교도 부리고 이쁜 자식 같다
고양이 이름은 아롱이다
아롱이는 깔끔하다 대소변도 잘 가린다

밥과 물도 제 식성대로 잘 먹는다
내 스트레스와 피곤을 한 방에
날려주는 몸 뒤집기 애교
꼬리 흔드는 것은 환한 웃음을 대신한다

내 품에 안길 때는 비싼 영양제 먹는 것보다 행복하다
강아지보다 고양이가 이렇게 이쁠 줄이야!
때론 우리 어머니보다 아롱이가 더 좋을 때가 있다

응급실

심장이 뛴다, 차도 뛴다, 바람도 차창과 함께 빨리 뛰어 준다

거친 숨 몰아쉬며 응급실로 들어서니

축 처져 누워있는 혈색 없는 얼굴들이 얽혀있는 링거 줄만
바라본다

이곳저곳 상처에 큰 붕대 감은 젊은이는 찡그린 얼굴로

연달아 내는 신음 소리가 아픈 사람 더 아프게 한다

나는 죽을 만큼 아픈데

의사 선생님의 얼굴은 편안하고 느려 보이기까지 하니

답답하고 얄밉기까지 하다, 꼭 살아서 응급실을 나가고 싶다

이 나이에 생명의 소중함을 이제서야 느끼는 나도 한심하다

온몸에 피 말리는 애타는 심장을 꼭 붙잡고 있다

예쁜 꽃보다 곰팡이꽃이 더 오래 산다는 걸
아는 사람은 다 알지요

간장 게장

바닷속에서 친구들과 재밌게 놀고 있는데
하필 내가 잡혔어!
넓은 대야에 많은 친구들도 눈감고
숨죽이며 쳐져 누워있네
딱딱한 등에 힘주고 배 속에 있는
알 식구들을 꼭 껴안고 있는데

앗! 깜짝이야,
짠 내 나는 간장이 내 온몸에 부어지네
내가 이만큼만 사는 것이
허락됐다면 어쩔 수 없지
맛있는 게장으로 숙성되어 짭조름한 부드러운 살로
사람들의 입맛을 훔쳤으면 됐어

간장 게장이 밥도둑이라고
여기저기 소문이 났네
아, 인기 있었던 옛날이여!
그럼 잘 살다 가는 삶이지
그대 이름은 사람들
입속에 꽃피운 꽃게

곰팡이꽃

곱디고운 꽃들이 눈웃음지으며
자기 보러 오라고 손짓하는데
난, 곰팡이꽃
씨도 없이 태어나 숨어 사는 곰팡이꽃
심지도 않았는데 그냥 피어 숨어 사는 꽃

탁한 습기가 나도 모르게 피어난 꽃
사람들이 날 보면 끄집어내 뭉개 버릴지도 몰라
웅크려 더 작아지도록 숨어숨어 숨죽이는 꽃
뭐, 죄지은 것도 없는데
세상 구경 못 해 보고 숨어 우는 꽃
누군가 나같이 살고 있나요?

그래도 예쁜 꽃보다 곰팡이꽃이 더 오래 산다는 걸
아는 사람은 다 알지요
사람들이 자기 몸에서 매일매일 버려지는 배설물을
문 꼭 닫고 숨어서 버리는데
살짝 잠들었던 곰팡이꽃이
물 내리는 소리에 고개를 들고 생각하니
역한 냄새 나는 건, 너나 나나 거기서 거기

그래도 메주에 착한 곰팡이꽃으로
집도 짓고 살았으니
후회는 없어
날 좋아하진 않겠지만
곰팡이꽃 이름은
많이들 들어 알고 있을걸……

갑질

권력이 있다고 돈이 많다고
목이 뻣뻣한 교만으로 큰소리치며
갑질을 자주 하네

앞에서는 비유 맞추느라 억지웃음이지만
뒤에선 여러 사람이 여러 가지
욕한다는 건 모르지

갑질은 남의 자존감을 짓밟지만
겸손은 남의 인격을 존중해 주는 거지
갑질 많이 했던 사람들 퇴직하면 친구 하나 없을걸

최초의 갑질은 아마 옛날 시어머니들,
며느리한테 무식하고 무자비하게
갑질을 독하게 했지

지금 세상이 거꾸로 되었지
시어머니들 갑질의 대가로 며느리 눈치 보며
몸도 목소리도 작아진 쓸쓸한 시어머니 그림자 모습

인간의 존엄성은 평등하니
서로 보듬어 주며
사랑질하며 살자

사랑의 시작

이쁘고 달달하고 설레고 가슴이 뛴다
세로토닌 엔도르핀 옥시토신
사랑의 호르몬이 내가 사랑하고 있다고
행복하다고 알려준다

부모의 사랑도 못 받은 난
사랑해 주는 짝이 있어 너무 좋아서
남들에게 자랑하고 다녔다
별빛 같은 눈으로 무지개 꿈이 익어만 갔다

그런데 채 일 년도 못 되어서 서로의 단점이 얽혀
싸움질을 자주 한다
벽에 걸린 결혼사진을 계속 쳐다보며 한숨을 쉰다
갑자기 사랑은 아픔인 거야, 노래가 떠올랐다

내 여인

가네가네 간다네 내 사랑이 가네
수십 년 밥해 주던 여인이
세상이 변한 건 알았지만
내 여인이 변한 건 모르고 살았네

아이들 땜에 참고 살았나?
내 잘못도 있다는 걸 알고는 있지
이 나이에 할 줄 아는 게 없어
혼자 못 산다는 걸 알면서 가 버렸네

내 야윈 몸 끌어안고 현관문만 멍하니 바라보네
내 지독한 고집도 습관도 고칠 게
빨리 돌아와!
나 5킬로나 빠졌어

스포츠카

나 스포츠카 탔어, 꿈은 아니지
헛바퀴 도는 자전거 타던 난데
형편이 안 돼서 대출받았어

부잣집 아들들만 타는 줄 알았는데
남들이 부러워할 거야.
대출받은 건 모르니까

지난날의 고통과 괴로움은
차창에 부딪히는 바람이
구름과 함께 사라지네

이 순간 난 행복해
가난 속에 묻혀 살던 나는
정말 열심히 땀에 젖어 살았거든

내 인생에
한 번쯤
행복해도 돼

짝사랑

그이를 보면 마음이 설레고

가슴이 심장과 함께 두근두근 뛴다

혼자 숨어 가둬둔 사랑

사랑 꽃을 마음에 심어 놓고

몰래 히죽히죽 자주 웃는다

설레는 마음 누가 알까 봐

손바닥으로

꾸우욱 누르고 있는 사랑

자기 얼굴도 모르는 사람들

아무도 자기 얼굴을 모른다
거울이 없으면 자기 얼굴을 전혀 모른다
사진을 찍어야 내가 누구인지 알 수 있다
그림을 그려주면 비슷한 내 얼굴을 알 수 있다

남들은 내 얼굴이 누구인지 알 수 있다
나도 남의 얼굴은 누구인지 알아 본다
거울이 있어 얼굴에 분칠하고 옷매무새도 다듬어도

나를 알게 해 준 거울에게 고마움을 모른다
거울이 없었다면 평생 내 얼굴을 모르고
야윈 모습으로 세상을 떠날 뻔했다

슬픈 낙엽

외로움은

나를 사랑하는 사람들이

달래줄 수 있지만

그리움은 나만의 몫이기에

속으로 스미는 시퍼런 멍

낙엽

어미가지에서 떨어지던 날
죽음의 몸살을 앓았네

내 맘 아닌
바람이 보내준 낯선 곳에서
얇은 가슴 찢길까 두려워 울었네

어느 길모퉁이에 청소부 아저씨가
모아준 친구들 많아
파란 옷, 노란 옷, 빨간 옷 입고
행복했던 지난날 얘기했었네

된서리에 갑자기 죽은 꽃잎보다
서러운 죽음 준비라도 할 수 있어
간신히 씨익 웃어 보았네

이제 웅크린 내 몸 썩어
어딘가 거름 되리
시린 가슴 여미며
흙으로, 흙으로 묻히고 있네

젖은 그림자 커피 한 잔

불그스레 연분홍 색깔로도 사람의 마음 끌기 쉽지 않은데
젖은 그림자 커피는 세계인의 마음을 오래전에 훔쳤다
따뜻한 커피 한잔에 피어난 연기 꽃은 내 시름을 껴안고
감아감아 살포시 올라간다
만남의 장소에 커피 한 잔 놓고 인생을 노래하는 사람들
그리 비싸지도 않은 커피 한 잔이 나를 행복하게 하는
검은 진주 꽃 같다
원산지는 에티오피아, 콜롬비아, 브라질 먼 나라에서 날아와
내 시린 외로움도 달래주는 검은 그림자 커피 한 잔
비싼 영양제보다 내 마음을 끄는
커피 향과 풍미는 라일락 향보다 더 내 마음을 흠뻑 물들여 주네
오늘을 버티게 한 젖은 그림자 진한 커피 향

핸드폰

한쪽 손으로 잡으면 꼼짝 못 하는 것이
연결된 선도 없는 것이
속에는 수백 가지 정보가 많네
소파에 누워 손가락 하나로 누르면 뭐든지 다 되네
신기하네, 과학이 사람을 지배하는 걸까
사람이 과학을 지배하는 걸까
편리하고 재미있는 것 뒤엔 나쁜 것도 꼭 있지
선택적으로 사용해야 좋은 휴대폰
주머니에 돈은 없어도 핸드폰 없는 사람은 없네, 꼬마들까지
핸드폰에 중독된 혈색 없는 아이들
게슴츠레한 눈동자가 내 마음을 아프게 하네
핸드폰 속 부속품들이 속살거리며
사람들의 마음을 1순위로 빼앗아 버렸네
한 주먹꺼리 밖에 안 되는 것이

어머니

채, 이름 부르기 전 울컥 눈물이 납니다
살아계서서 기쁜 눈물입니다
날 시집보내고 보고 싶어 제 곁에 이사 오신 어머니!
오십 넘은 딸 김치 담가 주시며 행복해하시던 어머니!
어머니 속 사람은 그 곱던 목련꽃 눈웃음 그대로 신데
얼굴은 너무 늙어 낯설어진 타인 모습 슬퍼집니다
모든 것은 다시 얻을 수 있지만 어머닌 세상에 한 분뿐인데
살아오신 날 보다 사실 날이 짧아 불안해집니다
어머니 없이는 못 살 것 같던 난
왜 좋은 것 있으면 제 자식이 먼저였는지요?
라일락 향보다 더 진한 어머니 내음이 내 심장에 고여
대답할 수 있는 어머니 불러 봅니다

어머니 아무 낙이 없어도 짐이 된 몸이라도 살아만 계세요
이미 늦은 후회에 헛된 눈물 흘릴까 봐
잘해 드릴게요, 어머니!

인생은 한때야

청춘 시절에 고왔던 젊음도 한때, 한때
환호해 주며 박수받던 인기도 한때, 한때
돈이 많아서 위치가 높아서 갑질했던 때도 한때, 한때
너무 좋아서 너무 슬퍼서 울고 웃던 때도 한때, 한때

인생은 한때 속에 묻혀 사는 거야
인생에 좋은 한때가 있겠지, 믿고 사는 거야
사실 당신 없으면 죽을 것만 같았던 사랑도 한때였었어
지금은 정으로 사는 거야

겸손을 일러준 쬐끄만 봄꽃

날씨 같고는 봄인지 잘 모른다
곱디고운 꽃이 자기 보러오라 손짓하며
봄이라고 일러준다

골목길 옆 쬐끄만 꽃이 피었다
키가 작아 손짓도 못 하고 숨어 피었나
눈에 잘 띄지 않아 무심코 짓밟힐까
실바람이 감아감아 포근히 안아준다

너를 보려면, 네 향기 맡으려면
고개 숙이고 무릎을 꿇어 눈 맞춤한다
겸손을 가르쳐준 작은 꽃잎이여!
그대의 겸손은 몸만 숙이는 것이 아니라
마음을 숙이는 거지, 고마워!

불면증

꼭 잊어야 할 사람을 잊지 못한 것도 아닌데
꼭 보고 싶은 사람을 보지 못한 것도 아닌데
가는 밤 발목 잡고 옛 추억의 그리움을 말하고 있는가!

벼 이삭 쓸어안고 허수아비도 잠든 밤
이부자리 짓이기며 가는 세월 탓하고 있는가!
별들도 구름 이불 덮고 곤히 잠든 밤

들녘에 떨고 있는 임자 없는 꽃잎을 걱정하고 있는가!
나보다 더 작아진 야윈 몸을 끌어안고
검붉은 무서움에 떨고 있는가!

낯설어진 내 모습은 밤 속에 갇혀
흐려져 가는 지난날의 아픔을 끄집어내는가!
푸석푸석한 얼굴이 새벽 창문을 노크하고 있다

3부
목욕탕 풍경

먼지 묻은 때, 죽은 세포 때, 양심의 때
때는 때끼리 어울려 제 고향 하수구로 달음질한다

목욕탕 풍경

사모님인지, 파출부인지, 과부인지, 선생님인지
물속에서 힐끗힐끗 쳐다본다
옷 속에 숨었던 불룩한 배, 수술 자국
등위에 큰 점들이 자존심을 버리고
물과 함께 눕는다

본전 빼야 직성 풀려 연신 온몸에 물 퍼붓는 여인
늙은 시어머니 등 밀어주는 며느리의 얼굴이 아름답다
몸치장 안 한 알몸들의 신분은 똑같은 여자들
먼지 묻은 때, 죽은 세포 때, 양심의 때
때는 때끼리 어울려 제 고향 하수구로 달음질한다

계절

봄꽃 향기 꽃바람에 그리움을 알았네
속살 빨간 겉살 노란 과일 거둬들일 때

길 가던 구름이 곁눈으로 날 보고 그늘 만들어 주어
별을 노래하는 마음으로 쉬었다 가라 하네

낙엽이 지는 아픔은 이별의 시작이라고
고개를 떨구라 하네

추운 겨울 눈 비바람에 우렁이처럼 달팽이처럼
제 몸 감추며 숨어 사는 이치 알려주네

계절은 나를 철들게 하니
철 지나 핀 꽃도 사랑해야지

겨울 감나무

모진 눈비 바람에 삭정이 된 몸
죽은 잿빛 터져진 몸을
아이들은 날 죽었다, 하네

끊어질 듯한 숨소리 듣고
진실로 찾아와 준 참새 식구들

죽은 척한 겨울밤의 고통은
남의 목소리로 살았는데
빨간 내 살붙이 욕심내던
사람들 다 어디 갔나

가는 허리 추스리며
그림 같은 내 모습
별빛에 실어보네
헛기침 모아모아
난, 겨울을 깨운다

시인

누구나 문학소년, 소녀의 꿈을 가진 청소년 때가 있었다
시인은 DNA가 다르다
시인은 꽃을, 별들을, 푸른 바다를 허투로 보지 않는다
촘촘히 눈여겨본다
머리의 에너지를 필요에 따라 천천히 꺼내써야 한다
시인은 가슴이 따뜻하고 겸손하고 겸허해야 한다
시는 감동이다, 두 번째도 감동이다
마음에 싹 틔운 시의 파란 싹을 노트에 심어 놓고
보는 이들에게 감동을 선물해야 한다
읽는 사람들이 살짝 놀라도록 감동을 주도록 해야 한다
시의 색깔과 모양이 다르듯이 남의 시도 사랑해야 한다

긴 순간

사랑도 많이들 하고 이별도 많이들 하네

난, 사랑이 뭔지 이별이 뭔지 몰라

짝없이 혼자 살아왔으니

그리 그리워할 사람도

딱히 보고 싶은 사람도 없네

함께 살아온 건 외로움뿐

이별을 몇 번씩 해본 사람이

혼자 살아온 내가

부럽다고 하네, 참!

가을

바람에 불려 다니는 낙엽은
떨리는 가슴 붙잡고
속으로 운다

또 어떤 낯선 곳으로 갈지
바람아 말해 다오
정든 내 고향만 떠나지 않도록
그늘 밑에 내려줘

세월이 흘러도
지나가는 이들 보고 싶은
시들지 않은 낙엽이 되고 싶어

사랑의 조건

많은 돈이 있기 때문에
잘 배웠기 때문에
멋지게 잘 생겼기 때문에
때문에, 사랑은
흔히 사랑할 수 있는 사랑인데

돈 없는데도 불구하고
못 배웠는데도 불구하고
못났는데도 불구하고
불구하고도, 사랑은
흔히 못 하는 사랑

모자람을 채워 줄 사람을
사랑한 것이 아닌
조건을 사랑한 탓에
이별의 아픔에 조건의 눈물은
짧은 만남을 적시고 있다

꽃

하늘에 핀 꽃은 별꽃

얼굴에 핀 꽃은 함박꽃

들녘에 핀 꽃은 벌 나비꽃

길가에 핀 꽃은 만인의 꽃

마음에 핀 꽃은 사랑꽃

마음에 핀 사랑꽃은 시들지 않고

더 곱게곱게 홍시처럼 익어간다

꿈

파아란 소녀가
파아란 꿈을 꾸며
파아란 언덕길을
파아란 하늘이 손짓하는 대로
모리셔스 파아란 비둘기처럼
힘차게 날아간다

아침 해

해는 같은 시간에 떠서
하루를 시작하라고 세상을 비춰주지만
자신처럼 똑같이 일어나라고
눈치를 주지는 않는다

가슴에 적셔진 시를 미간에 주름지도록
쓰고 또 쓰고, 쓰다가
책상에 고개 살포시 기대어
새벽에 잠든 시인이 있고

새파란 청년이 직장이 없어
핸드폰 만지다 밤늦게야
까치머리 몇 군데 만들어진 것도 모르고
등 굽은 새우잠을 잔다

아침 해가 창문을 노크한 것도 모른 채
엄마가 한숨을
몇 번 쉬었는지도 모르면서
깊은 잠을 잔다

그래도 해는
매일 같은 시간에 뜨고
세상을 비추면서 결코
일어나라고 눈치는 주지 않는다

문자

사랑도 이별도 문자로 하네
편리하고 빠른 과학이 낳은 산물

쪼끄만 기계 붉어진 얼굴
보이지 않고 성질 대로 막말로
문자로 싸움질하네

입은 꼭 다물고 머리로
손가락으로 빠르게 대화를 잘하네
그 뒤에 조종은 머리 좋은 사람들
문자가 제일 좋은 사람은 원래 글씨 못 쓰는 사람들

문자는 정자로 똑같이
글씨 잘 쓰는 사람이 되니까

보이는 건 끝없는 손짓이 문자에 매달려
고개 숙인 목 디스크 환자들

수석

우리 집엔 오래된 수석이 있다
문양석 평원석 형상석 동굴석 석탑 오석
내가 수석을 너무 좋아해서
남편 몰래 비싸게 주고 샀다

저마다 매력이 다르다
세상은 하루아침에도 몇 번씩이나 변하지만
우리 집 수석들은 모양과 크기가 달라도
진실하고 정직하며 겸손하다

변할 줄 모르는 성품에
늘 같은 자리에
앉아서 나만 바라보니
사랑할 수밖에 없다

행복한 여자

돈은 마음대로 못 써도
남편의 사랑을 듬뿍 받고 사는 여자
일주일에 한 번씩 남편이 업어주는 여자
내 흩어진 머리카락을
쓰담쓰담 만져주는 남편을 둔 여자
비싼 돈으로 몸치장한 여자보다
몸뻬를 입었어도 이쁘다고 칭찬하는 남편을 둔 여자
세월이 흘러도 사랑의 농도가 변하지 않는
덩치 큰 푸른 소나무 같은 남편을 둔
나는, 가장 행복한 여자랍니다

병원 안

기다림보다 더 빨리 온, 몸의 삐걱거림
아픈 가슴 안고 병원문 들어서니
덩치 큰 유치원생 촘촘히 앉아 있다

묻지도 않은 병 자랑에 금세 친구 되어
서로 보며 위로받는다
저쪽 침 마른 입술 꼭 다문 친구는
자기 이름 부르려나
귀 세우고 앉아 있다

나, 서러운 세월
왜 살고 있는지 모르면서
약을 먹어야 하는 이유는 안다
그리고
약봉지에 남은 인생 기대본다

황새

황새 부부는 부부애가 좋기로 유명하다
한쪽 짝이 죽으면 절대 재혼하지 않는다
오직 자식만 사랑하면서 산다
황새 새끼들은 부모가 병들고 쇠약하면
온몸으로 정성스럽게 돌본다
그래서 로마 시대에 부모를 효심으로 돌보라고
황새법을 만들었다

지성을 가진 부모와 자식 간의 현실은 어떠한가?
자기를 꼭 닮은 자식에게 늙었다고
요양원에 버려질까, 겁을 낸다
돈 많은 부모를 둔 자식들은 서툰 연기
어색한 몸짓까지 하며
돈 욕심에 억지 효도로 부모의 마음을 홀린다

요즘 부모들은 눈치가 백 단이다
긴 인생 살아온 경험, 지혜 뉴스에서 본 돈 문제로
부모 자식 사이에 가슴 아픈 사건들을 자주 봤다
자식이 놀고, 먹고 살 양으로 부모의 돈을 탐하면
부모는 피땀 흘려 벌어 놓은 돈을 절대 꺼내지 않는다

하지만, 자식이 근면, 성실, 진실로
땀에 젖어 살려고 애쓸 때는
부모의 마음 통장 문이 열린다
그러니 효심에 진심이 아니라면 이제라도
황새에게 효를 배우고 오기 바란다

우리들의 이야기

가난했던 옛이야기 말하지 말고
그냥 넉넉히 쓰면서 살아주오

가슴 아픈 옛이야기 하지 말고
그냥 억지로라도 웃으면서 살아주오

이별 연습 옛이야기 하지 말고
지금 더 사랑하면서 살아주오

건강했던 옛이야기 말하지 말고
그냥 현재를 지켜만 주오

병든 몸도 한 몸이니
그냥 떠나지만 말아다오

4부
나 요즘 잘 나가

너 때문에 돈 버니까
너! 돈도 실컷 마음대로 써
카드 하나 더 줄게, 눈도 코도 예쁘게 성형해

나 요즘 잘 나가

나 요즘 잘 나가, 나 요즘 잘 나가
착한 너 만나고부터
착한 네가 좋아서 가까이 가 보니
역시 착한 너였어
백일홍꽃보다 라일락 향보다 더 착한 네 향기

나 요즘 잘 나가, 나 요즘 잘 나가
너 때문에 돈 버니까
너! 돈도 실컷 마음대로 써
요즘 눈 작은 사람 찾기 힘들어
코 낮은 사람은 더 찾기 힘들어
카드 하나 더 줄게, 눈도 코도 예쁘게 성형해

나 요즘 잘 나가, 나 요즘 잘 나가
너 때문에 돈 버니까
친구들과 여행도 다녀
괴롭고 힘든 날 생각하니 눈물이 나네
우리 이별 없이 행복하게 살자고
남들이 부러워할 만큼

사춘기

봄이라 많은 꽃이 피었지만
가까이 가서 향기를 맡아 보고 싶진 않다
밤하늘에 별들이 눈웃음쳐도 쳐다보기 싫다
부모님의 옳은 말씀이 머리로는 알겠는데
가슴은 내뱉는다
사람들이 싫다, 부모님도 그냥 그렇다
어쩌다 친구 전화만 받는다

그냥 혼자가 좋다 난 내가 병인지도 모른다
사람들이 날 사춘기 병이라고 이름 지어 줬을 뿐
괜스레 화나고 모든 게 불만으로 뒤섞여 반항적으로
내 안에 나를 가두고 있다 난, 이미 마음이 거칠어
사랑도 그리움도 모른다

독한 열병처럼 내 또래들이 앓는 지나가는 병인데
사춘기 바이러스는
내 맘 아니 타인의 모습으로 살게 해
때론 속 눈썹에 이슬이 맺힌다
사춘기 병이 내 인생에 꼭 겪어야 할 과정이라면
버텨보는 것이다

부모님이 나 때문에 한숨 짓는 모습도 지금은 싫다

훗날 철이 들었을 땐
후회의 마음과 목울음으로 울는지 알 수 없지만
난, 어차피 부모님의 눈그늘 아래
사랑의 젖줄로 살아야 하니까
세월이 저만치 가줘야 내 병이 나을 수 있는 걸까
지금 난, 내 안에 갇혀 묶여 있는 나를
크게 흔들어 깨워 본다

엄마

할머니 젖무덤에서 자랐습니다
할머니가 엄마인 줄 알았습니다
엄마 손잡고 나온 아이들보고
허공에다 엄마, 하고 불렀습니다

원망과 그리움으로 베갯잇 적시며
까아만 밤을 보냈습니다
너무 친절한 식당 이모가 혹시
엄마가 아닐까, 눈물을 삼켰습니다

이제 왜, 왜냐고 묻지 않고
포근한 엄마 품에
한 번이라도 안기고 싶습니다
엄마, 어디에 계신 가요? 보고 싶습니다.

보고 있어도 서로 알아보지 못할
낯선 슬픈 시간이라도……

상처 난 거울

깨진 거울을 버리지 않고 본다
내 얼굴을 알려 준 오래된 친구
정들어서 사랑해서 숨겨 놓고 꺼내서 본다

거울을 계속 보다 보니, 내 얼굴이 젊어 보인다
깨진 거울이라 내 얼굴 주름을 다 비춰주지 못해
젊어 보이니 참으로 고맙다

그냥 기분이 좋다
거울이 나에게 고맙다고 말한다
상처 난 자기를 버리지 않고 손잡아 준다고

포도

동글동글 똑같은 얼굴들이 서로 꼭 껴안고 정을 나누네

누가 엄마고 언니인지 동생인지 키가 똑같다

겉과 속이 똑같은 양심적인 포도알

달콤 상큼 비타민이 범벅이 된 포도가 하는 말

피곤할 때 비싼 영양주사 맞지 말고

마트 과일 선반에 누워있는 나를 가져가세요, 라며

몇 번씩 말한다

왜 이래

왜 이래, 왜 이래, 나 좋아하지 마, 나 사랑하지 마
난 아직 사랑은 안 해, 나 키 더 커야 해
사춘기 사랑은 사랑이 아냐, 순간의 감정일뿐야
사춘기 사랑은 철없는 불장난이야

왜 이래, 왜 이래, 나 좋아하지 마, 나 사랑하지 마!
난 아직 사랑은 안 해, 나 키 더 커야 해
너와 나 사랑은 아직 멀었어. 우리 아직 학생이잖아!

왜 이래, 왜 이래, 나 좋아하지 마, 나 사랑하지 마!
난 아직 사랑은 안 해, 나 키 더 커야 해
내 마음 영글어졌을 때 그때 찾아와 그때 찾아와
그래도 늦지 않아

왜 이래, 왜 이래, 날 내 버려둬. 봐, 봐!
나 키 더 커야 해, 나 키 더 커야 해

추억을 잊어버린 여자

내 마음 영글지도 않았는데 사랑 먼저 해 버렸네
내 마음 준비도 안 됐는데 사랑에 빠져 버렸네
곁 모습 잘생긴 조건 때문에 내 마음 빼앗겨 버렸네
세월이 갈수록 못살 것 같은 날이 너무 많아
추억을 색일 일도 없었네
세월이 갈수록 내 사랑이 아닌걸
보슬비 맞으며 멍하니 서 있었네

갈래머리 딴 나에게 꽃 편지 주었던 추억도 잊어버렸어
사춘기 아들 땜에 참고, 참고 여기까지 살아왔었네
비껴간 인연이지만 얼마 남지 않은 인생
나 없으면 못 살 것 같은 당신 때문에
그냥 살아야지, 짙은 구름 헤집고 나온 실바람이
내 볼을 만져주고 가네요

추억을 잊어버린 여자는 목이 매어
눈물만 뚝, 뚝, 뚝,

인생은 긴 꿈을 꾸며 세상을 다녀가는 여행

인생에 목숨 걸지 마, 인생을 트집 잡지 마
인생은 긴 꿈을 꾸며 세상을 다녀가는 여행
사랑했던 날도 이별했던 날도 가슴 찢어지는 날도
인생이 손잡아 주었어
뒤틀린 세월은 뒤돌아보지 마, 눈물만 흘러

새는 날아가면서 절대 뒤돌아보지 않아
세월이 손잡아 주는 대로 가면 돼
인생을 원망하지 마, 인생에 예민해하지 마!

그 지독한 고집도 습관도 못 버리는 날
세월이 받아 주었어, 내 어깨가 흐느낄 때
인생이 토닥여 줬어, 세월은 이미 그려진 그림
그 위에 덧칠하지 마, 고마운 세월 앞에 마음 숙인다
인생은 결국 똑같이 한곳으로 가는 길

석류

검붉은 보석들이 촘촘히 안고

사랑을 한다

누가 볼까 수줍어 웅크려 숨어 웃는다

때가 되면 가슴을 천천히 열고

빠알간 눈물을 흘리며 조용히 눕는다

바람

가을바람이 어깨 너머로 와
나지막이 말해주고 가네
봄바람보다 봄꽃들보다
가을바람이 가을꽃들이
멋지고 고급스럽다고
살짝 말하고 가네
가을 속엔 코스모스
고추잠자리 고운 단풍
새 식구들이 손잡아 주니까

나이

내 나이로는 분명 할머니다
학생들이 할머니라고 하면 귀엽고 사랑스럽다
근데 오십이 넘은 사람들이
날 보고 할머니라고 부르면
기분이 아주 별로다
난 속으로 말했다
자네들도 세상 떠나는
급행열차 뒷좌석에 앉아 있다고
내 속마음은 할머니가 아니라고
억지를 부리니 때론 나를 혼내보기도 한다
그냥 어르신이라고 부르면
웃지는 않아도 기분은 나쁘지 않다

나도 성형하려다 돈은 있는데
겁나서 못 했는데
이제는 늦었어

못다 한 사랑

그토록 좋아서 사랑했는데
그토록 맘에 들어 사랑했는데
살다 보면 티격태격 않는 사람 누가 있나요
우린 서로 자존심이 강해서 너무 쉽게 헤어졌어요

내 가슴에 머물다간 당신이
때론 보고도 싶고 그립기도 하네요
다시 사랑하고 싶지만
또 다른 이별이 두려워

못다 한 이별 앞에 추억 묻은 날들이
아픈 가슴 울리네
창가에 앉아 하늘을 보니
별빛 웃음이 나를 반겨주네

우연히, 우연히 만나면
차 한잔하고 싶어요

정직

눈으로 하는 말
가슴으로 하는 말
입으로 하는 말 모두 똑같아야 해
진심 정직이 사랑을 잉태한다
신뢰의 기초도 사랑을 낳는다
정직한 사람은 마음부터 웃는다

양심

자기 양심을 속이는 것은 무딘 감각 속에 갇혀
죄인지 모른다
양심은 보이지 않지만 마음속에서
선과 악이 다투며 싸움질한다

엇나간 양심을 계속 훈련 시키고 관리하면
마치 징그러운 애벌레가 아름다운 나비로
변화할 것이다

거무스레한 양심도 거울 앞에선
진실을 토해 낼 수밖에 없는 것을……

은빛 억새꽃

가녀린 허리 연약한 몸으로
기럭지 긴 아름다운 몸매를 가꿔낸 은빛 억새꽃
빛깔 고운 꽃보다 세련되고 고급스러운 옷을 입은 억새
그대를 보면 잊었던 그리움이 내 마음을 파고든다

바람과 빛을 만나 은빛 물결 춤추는 그대
사랑하는 이와 함께 억새꽃 숲 안고 사진도 찍었는데
이제는 나 혼자 추억 묻은 억새꽃을 멍하니 바라본다

웃음기 없는 얼굴에 고개 숙이고
글썽이는 눈으로
가버린 추억을 삼킨다

사람들

자신한테는 한없이 관대한데

남한테는 냉정하고 엄격하다

직접 확인하고 조사하고

양쪽 말을 들어 봐야 답이 나온다

만물은 정직한데 거짓을 연습한 사람들이

왜, 그리 많은지

비

젖은 비는 유리창에
슬픈 눈물을 뿌려 놓고
말없이 가 버리네

눈

옳고 아름다운 것은
눈을 크게 뜨고
오래 보아도 좋지만

저속하고 무가치한 것은
곁눈으로도 보지 말아야
내가 나를 잘 가꾼다

거실에 핀 단풍

거실에 짙은 초록 이파리들이 이름은 달라도
서로 아끼며 자기 식구들 챙긴다
목이 말라도 보채지 않고 말없이 기다린다
발뿌리에 힘주어 허리 뼈마디 곧게 세우고 이파리 살랑대며
천연공기 청정기 향으로 주인 사랑 독차지한다

관절병 앓는 주인이
단풍 보고 싶다고 중얼거리다가 주저앉는다
키 작은 이파리들이 창문 곁 빛과 바람 쪽으로
얼굴 내밀고 몇 날 며칠 서 있었다

노르스름한 색에 붉은 스카프 두른 단풍 옷 갈아입고
가지 끝에서 곱게 웃는다
제철보다 일찍 단풍 되려고 진땀을 흘렸는데
소파에 앉아 사랑스러운 눈으로 단풍 바라보는
주인의 얼굴에 작은 미소가 번진다

5부

심경지철 心境志鐵

바다나 육지나 살아가는 공기는 똑같아
영준아, 영옥아 한눈 팔지 말고
엄마 아빠 잘 따라와

가을아!

텅 빈 들녘에 가을 향기 마시며
자연을 짙게 물들이고 있네

가을아!
임자 없는 우리에게
보는이들 행복할 수 있다면
한 폭의 그림으로
영원히 남기고 싶으리

가녀린 나팔꽃 넝쿨손으로 생기없는 대나무
끌어안은 사랑 우린보고있잖아. 바람가르며 흩어져
살아온 세월만큼 우린자기만 사랑하며 살아온것
같아. 이제 우리식구 헤어지지말고 못다한 사랑얘기
나누며 곁에있는것만으로도 소중하다는걸
느끼며 살자 이천오년 김계면

나팔꽃

가녀린 나팔꽃 넝쿨손으로

생기 없는 대나무 끌어안은 사랑

우린 보고 있잖아

바람 가르며 흩어져 살아온 세월만큼

우린 자기만 사랑하며 살아온 것 같아

이제 우리 식구 헤어지지 말고

못다 한 사랑 얘기 나무며

곁에 있는 것만으로도 소중하다는 걸 느끼며 살자

가족

우리 고향은 바다지
우리 식구 열심히 운동하고 관리해야
바다에서 살아남을 수 있어
바다나 육지나 살아가는 공기는 똑같아
영준아, 영옥아 한눈 팔지 말고
엄마 아빠 잘 따라와

상대방의
잘못을
용서하는 것은
말로만이
아니라
그 잘못을
내 머릿속에서
완전히
잊어
버리는
것이다

김가열

진정한 용서

상대방의 잘못을
용서하는 것은
말로만이 아니라
그 잘못을
내 머릿속에서
완전히
잊어버리는 것이다

혼자가 아니었네

혼자가아니었네

날 붙잡아 주기 전에 홀로 섰던 나
목련꽃 떨어지는 아픔을 울컥 말하지 않고 삼키며 온세
살아 온 세월 왠지 늦게 외로움 타
지 늦게 창문 여니 별빛 눈웃음이 날 반기네
밉다고 토라져 누울 식구 없는 작은방에서
속 눈썹에 이슬이 맺힐 때로 니가
하느님 긴팔로 날 안아주시네
난 진정 혼자 아니었네

지은이 김 기열

날 붙잡아 주기 전에 홀로 섰던 나

목련꽃 떨어지는 아픔을 말하지 않고

울컥 목울음 삼키며 살아온 세월

왠지 늦게 외로움 타

창문 여니

별빛 눈웃음이 날 반기네

밉다고 토라져 누울 식구 없는 작은방에서

속 눈썹에 이슬이 맺힐 때

하느님 긴팔로 날 안아주시니

난 진정 혼자가 아니었네

진실한 사랑은

내 마음의 모양에
흠집을 내어
남에게 깎아주는 것이다
그런 사랑은 메아리쳐
기쁨으로 돌아온다

복음 전파

예수께선
도시에서 도시로
마을에서 마을로
집집에서 좋은 소식을
전파하셨습니다

우리도
그분의 본을
따를 것을
말씀하셨습니다

尋隱者不遇심은자불우

* 魏野위야

尋眞吳入蓬萊道심진오입봉래도
신선을 찾으러 갔다가 봉래도에
잘못 들어

香風不動松花老향풍부동송화로
향기로운 바람에도 늙은 송홧가루
날리지 않네

採芝何處未歸來채지하처미귀래
지초 캐러 가셨는지 돌아오지 않고

白雲滿地無人掃백운만지무인소
흰 구름 땅에 가득하여도 쓸어내는
사람 없네

* 魏野위야(960~1019) 자는 중선中先, 호는 초당
거사草堂居士 송나라 처사로 평생 음악과 시
로 소일하며, 벼슬에는 뜻을 두지 않고 도
가풍의 시들을 많이 남겼다.

心境志鐵 심경지철

　중국 명나라 이황의 쓴 글로

　심경은 마음속의 생각, 감정, 욕심 등을 깨끗한 거울처럼

　정화하고 관찰해 나가는 것을 의미하며,

　지철은 불굴의 의지를 가지고 목표를 달성하기 위해

　강인한 내면의 힘을 발휘하는 것을 의미한다.

風雨풍우

* 王安石왕안석

東邊日出西邊雨동변일출서변우
동쪽 가에 해 뜨고 서쪽 가에 비오는데

一鳥不鳴山更幽일조불명산경유
새 한 마리 울지 않아 산은 다시 깊어라

白下門東春已老백하문동춘이노
백하성문 동쪽에 봄은 이미 무르익어

今來風雨又維舟금래풍우우유주
이제 다가오는 비바람에 배를 또 묶는다

* 왕안석은 11세기 중엽 중국 북송의 정치인 자는 介甫며 호는 半山이다. 江西省 출신이며 5세~6 세때 시경과 논어를 통달한 천재로 북송의 시인, 문필가로 활약했다.

106

〈시해설〉

삶의 궤적 속에서 발견한
무지갯빛 같은 시편들

김명수(시인, 효학박사, 충남문인협회장)

한 마리 나비가
겸손을 배우고 날아갔습니다

<시 해설>

삶의 궤적 속에서 발견한
무지갯빛 같은 시편들

김명수(시인, 효학박사, 충남문인협회장)

1. 그냥 아름다운 시의 세계를 걷다

　서천 마량리에 동백꽃 향기를 맡으러 갔었다. 바닷가 그 언덕에
는 지난겨울을 잘 이겨낸 듯 붉은 동백꽃 몽우리들이 가득하다. 바
다를 바라보며 비탈길에 흐드러지게 핀 붉은 동백의 울음을 파도
소리와 함께 듣고 있으면 저절로 한 편의 시가 향기롭게 밀려온다.
그리고 지난겨울을 잘 견디고 붉은 꽃잎을 펴 주는 동백꽃들이 참
아름답고 대견스럽다. 누군가 심어 놓은 그 동백나무들이 지금은
세월이 흘러 저렇게 크고 붉은 꽃을 피어 많은 사람의 사랑을 받고
찾아오는 명소가 되었다. 그 붉은 동백은 바다와 더불어 따스한 햇
살을 받으며 행복한 시간을 보내는 듯하다. 나도 잠시 동백나무 숲
동백꽃 향기에 취해 한 편의 시속에 머물러 본다. 짧지만 참 행복한
순간이다. 모처럼 동백이 가져다주는 선물 속에 잠시 꿈을 꾼다.

서산의 최연희 시인으로부터 소개받은 김기열 시인의 『곰팡이 꽃』을 읽으면서 나는 바로 그 마량리 동백나무 숲 동백꽃 몽우리가 가득한 그 분위기에서 서성이던 생각이 났다. 결코 길지 않은 시간 이었지만 김기열 시인의 시속에 사랑과 이별, 고독, 아픔, 세월, 그리고 삶의 궤적 속에 나타난 갖가지 일들이 곳곳에 시적 소재로 스며 있다는 것을 알았기 때문이다. 또한 이런 시의 세계를 걸어가며 시간 여행을 하며 좋은 시들을 만났다는 것, 그런 시들을 읽을 수 있어서 잠시나마 행복할 수 있었던 것에 감사했다.

　일찍이 C.D 루이스는 '사람은 잠시 무언가에 홀려 있어야 시가 나온다'라고 했다. 시는 어느 때는 달콤하지만 어느 때는 괴롭고 쓰다. 그런 달콤함과 괴롭고 쓴맛을 느끼는 것은 시인의 마음이 어떻냐에 따라 다르다. 그래서 그 시인의 기분과 처해 있는 순간과 상태에 따라 그 사람이 쓰는 시가 달콤하기도 하고 쓰고, 괴롭고 아프기도 한 것이다. 김 시인의 시 속에서 바로 그런 다양한 순간, 다양한 느낌을 받으면서 그 사람의 70평생 살아온 삶의 궤적 속에 함께 걸어가면서 시인의 아름다운 시 세계에 함께 했다는 것에 감사한다. 그는 시를 쓰기 위해 충분 아팠고, 충분히 괴로웠고, 충분히 외로웠으며, 충분히 기쁜 시간들을 가졌다. 그러했기에 그의 시속에는 바로 그런 것들이 녹아 있다. 그냥 억지로 시를 쓰기 위한 시가 아니라 나도 모르게 녹아 있는 그런 시적 분위기가 밖으로 넘쳐흐르기에 그는 다듬고 어루만져서 한 편의 아름다운 시들을 만들어 내고 있었다. 그의 시는 많은 사람들로부터 공감을 얻을 것이고 사랑받을 것이다. 시란 내가 써서 밖으로 내놓는 순간 내 것이 아닌 읽는 사람의 것이 되어 좋고 또는 조금 더 좋고의 말을 들을 수 있는 것이기에 김 시인의 시는 바로 많은 독자들로부터 사랑받는 시가 될

것이다. 우리가 무지개를 보면 아무 까닭 없이 그냥 그 자체가 아름
다운 것처럼 좋은 시를 만나면 그냥 그 시 자체가 좋은 것과 다를 바
가 없다고 본다. 김 시인의 시가 바로 다른 설명이 필요 없는, 그냥
생활 속에 좋은 시의 세계를 가지고 있다는 것에 감사할 뿐이다.

> 시멘트 바닥 틈에 낀 연약한 민들레꽃
> 어쩌다 비좁은 어둠 속에 발을 묻고
> 질긴 목숨 거친 숨을 쉬고 있나
>
> 원래는 민들레꽃 땅이었는데
> 사람들이 시멘트 발라 자기들 땅이라고
> 도장 찍어 놓았네
>
> 밤새 내린 촉촉한 이슬이
> 온몸을 적셔주니
> 마른 가슴 눈웃음이 토닥여 주네
>
> 시멘트 틈새에서 핀 꽃이 장하다고
> 그의 이름을 불러주는 이
> 아주 많아졌다네
>
> -「민들레」 전문

　　도시의 아스팔트 길을 걷다 보면 양지바른 쪽 계단 위에 어디서
어떻게 날아 왔는지 돌 틈새에 끼어 또는 아스팔트 헤진 귀퉁이에
홀로 솟아 난 민들레가 노란 꽃잎을 피우고 있는 것을 볼 수 있다.

참 끈질긴 생명력의 한 부분을 보는 것 같다. 춥고 어두웠던 지난겨울을 그 차디찬 땅속, 돌 틈에 끼어 보낸 후 따스한 햇살이 곱게 내리고 있는 그 순간 민들레꽃씨는 초록빛 싹을 틔우더니 어느새 그 노란 꽃잎을 예쁘게 펼치고 봄을 맞고 있다. 처음부터 우리 친구들이 행복하게 살았던 땅인데 어느 날 문명의 이기인 시멘트 문화가 자리 잡으면서 우리들만의 보금자리였던 이 땅이 바로 그 시멘트에 갇히면서 숨도 못 쉬는 공간으로 변한 것이다. 그러던 것이 그 겨울 추웠던 순간을 벗어나 따뜻한 그 햇살을 만나 노오란 꽃잎을 먼저 펼쳐 보이려고 안간힘을 쓰고 있었던 것이다. 이렇게 하나의 연약한 작은 식물도 절망적 순간에 희망을 버리지 않고 생존해 나가는 치열한 생명 의식은 사람들에게 또 하나의 메시지를 전달해 준다. 어떤 척박한 환경 속에서도 생명은 고귀하기에 어떤 형태로든 보호되어야 하며 그 존귀성 때문에라도 살아남아야 한다는 것이다. 이러한 생명 존엄 의식은 민들레라는 아주 작은 연약한 식물의 치열한 생명 의식을 통하여 우리 사람들에게도 참고 견디고 이겨나가야 한다는 교훈을 전해 주고 있다. '시멘트 틈새에서 핀 꽃이 장하다고/ 그의 이름을 불러주는 이/ 아주 많아 졌다네'라고 끝을 맺는 이 시속에는 추운 겨울을 견디고 삭막한 시멘트 틈새에서 새롭게 솟아나는 그 민들레의 고귀함을 잘 나타내 주고 있는 것이다.

두 팔 벌려 바람을 안아 보니 세월이었네

비 오는 날 안아 본 바람은 추억이었네

모양과 색깔을 숨기고 사는 바람은 그리움이었네

창문 틈으로 들어와 웅크린 날 안아주는 바람은 사랑이었네

낙엽을 여행 보내는 것도 바람이었네

열매나 씨앗을 세상에 뿌려 놓아

아름다운 세상을 계속 만들어 놓은 것도

바람, 바람, 바람이었네

- 「바람」 전문

바람이 전해 주는 메시지 속에는 깨달음이 있다. 김 시인이 지난 70년의 질곡의 세월을 살아오는 동안 그는 남들이 범접하지 못한 갖가지 경험들이 뇌리를 스쳐 지나간다. 모든 것들이 세월이란 이름 속에 함께 묻어갔을 것이다. 그러기에 바람이었다는 것, 그 바람 속에 함께 몰려오고 몰려간 것들은 모두 추억이었다는 것, 그 추억 속에 바로 그리움이 있었고 사랑이 있었고 아픔과 이별도 있었다는 것을 시인은 누구보다도 먼저 안다. 그 모든 것들은 내 품 안에 있었고 어떤 것들은 내 품을 떠나간 거고 어느 부분은 내 품속에서 지금도 자라고 있다. 그 바람은 사랑과 이별에 그치지 않고 앞으로 새로운 세상을 만들어 갈 계획을 세우는 것도 계속 만들어 가는 것도 바람이라는 것을 말하고 있다. 바람의 의미는 자연 현상에서 오는 것만이 아니고 그렇다고 추억에서만 오는 것도 아니다. 인간의 구원과 미래와 과거, 현재가 함께 공존 함으로써 보다 더 멋진 인생을 향유 할 수 있지 않을까 하는 의구심이 생긴다. 이 작품 속에서 바람이 상징하는 세월, 추억, 그리움, 사랑 등은 현실에서 쟁취하지 못한 그것들을 영혼 속에서 얻으려고 상징적 의미로 표출시킨 것인지

도 모른다. 그러나 분명한 것은 그 바람이 추억 속에서 세월 속에서, 그리움 속에서 존재하고 있었던 것이다. 그러면서 '열매나 씨앗을 세상에 뿌려 놓아/ 아름다운 세상을 계속 만들어 놓은 것도/ 바람, 바람, 바람이었네.'라고 말하듯 그는 미래를 위해 오늘의 씨앗을 뿌리는 것도 바로 바람이라는 것을, 바람은 곧 미래지향적임을 암시하고 있다. 단순히 경험과 과거의 틀을 벗어나 새로운 미래, 그 아름다운 세상을 만드는 것도 바람이라는 것을 말하고 있는 것이다. 그래서 인간에겐 꿈이 있고 희망이 있고, 살아갈 의미가 있음을 시인은 말하고 있다.

2. 시 속에서 인격과 품격, 교양과 철학이 묻어 나오다

나이 늙어 허리가 아파 고개 못 드는 거 아닙니다

몸보다 머리가 무거워 고개 못 드는 거 아닙니다

땅속에서부터 겸손을 양식으로 먹고 자랐습니다

높은 빌딩 화려한 불빛 싫어합니다

자연이 준 넉넉한 품속에서 이슬 먹고 삽니다

한 마리 나비가 내 품에 안겨 낮은 곳에서

날고 싶다고 겸손을 배우고 날아갔습니다

　　　　　　　　　　　　　　　 -「할미꽃」 전문

그 사람의 시를 보면 그 사람의 인격과 품성, 교양과 철학이 묻어 나오는 것을 알 수 있다. 김 시인은 성격상으로도 무척 겸손하고 남 앞에 훌쩍 나서지도 않고 그냥 있는 그대로의 모습을 보여주고 있다. 그는 평소에도 지성과 겸손함을 몸에 익혀 조용히 교양 있게 살아가는 모습이 비치는 것이다. 물론 한 편의 시 속에 그 사람의 모든 것들이 나타나 있는 것은 아니지만 적어도 할미꽃과 이 곰팡이 꽃의 시집 속에서 느끼는 김 시인의 모습은 이 할미꽃이 김 시인이고 김 시인이 할미꽃임을 알 수 있다. 김 시인은 세상에 나와 고개를 뻣뻣하게 들고 다니지 않는 것은 허리가 아파서도 아니고 머리가 무거워서도 아닌 땅속에서부터 타고난 천성이 바로 겸손이기 때문에 그냥 조용히 있는 듯 없는 듯 나의 존재감만 느끼면서 살아가고 있는 것이다. 김 시인의 생활 자체가 화려하지 않고 서민적이면서도 텃밭의 채소들처럼 순수하고 맑고 깨끗한 이미지로 살아가고 싶은 거다. 그래서 할미꽃처럼 조용히 고개 숙이고 겸손하게 살고 있는 것이다. 할미꽃은 세상에 태어나면서부터 고개를 숙이고 있는 그대로의 모습으로 살아간다. 결코 화려하지도 않고 그렇다고 촌스러운 것도 아니다. 순수하고 맑고 소박한 것이다. 자연스럽게 말없이 있는 그대로의 모습을 세상에 보여주려고 온 할미꽃에서 품위라는 것이 은근히 보인다고 할까.

　　심지도 않았는데 푸르게 크고 있다
　　몸매 없다 향기 없다 눈여겨
　　봐주지 않지만, 매일매일
　　새벽이슬 머금고 깨어났다

무심코 짓밟힌 멍든 가슴에

내 친구 풀벌레 노래로 위로해 주고

소슬바람 춤 선생 다시 찾아와

손잡고 춤춰주는 이웃 있었네

옆 동네 꽃순이 예쁘고 향기 좋다고

뽐내더니만, 허리 잘려 도시로 팔려 갔다

짙푸른 녹색 친구들 많아

꽃순이보다 행복한 걸 이제 알았네

-「잡초」 전문

　사람들이 예쁜 집에 예쁜 꽃을 심고 멋진 나무들을 키우며 그림처럼 살고 싶어 한다. 거기에 이곳저곳에서 볼품없는 잡초들이 크고 있으니, 집주인이나 예쁜 꽃을 보러 온 사람들도 자연히 잡초를 미워할 수밖에 없다. 누가 씨를 뿌린 것도 아니고 예쁜 모종을 갖다 심어 놓은 것도 아닌데, 그는 집 마당 어딘가 구석구석에서 용케도 자라고 영역을 차지하고 자신의 모습을 뽐내고 있다. 물론 특별한 향기도 없지만 그렇다고 너 참 예쁘다고 봐주지도 않는데 아침이면 제일 먼저 이슬을 머금고 나를 반기고 있다. 어쩌다 무슨 일로 집을 며칠씩 비워 두면 이때다 하고 잡초는 또 크게 웃자라서 다른 것들을 뒤덮고 못살게 굴기도 한다. 그러나 그 잡초에게도 햇살은 공평하게 비춰주고 바람 역시 원 없이 흔들어 주며 비가 내리면 흠뻑 젖어 저만의 모습으로 자리를 지키고 있다. 주인이 예쁘게 모종하고 씨를 뿌려 가꾼 멋쟁이 꽃들은 어딘가로 사정없이 팔려 가고, 못생겼다고 밉다고 억세다고 내팽개쳐진 잡초 무리는 마당 한 귀퉁이에서 힘센 팔뚝을 자랑하며 주인집 마당을 지켜 주고 있다. 옛말에 굽은 나무가 집을 지킨다는 말처럼 예쁜 꽃들은 알게 모르게 팔려 나가고 또 화분으로 꽃꽂이용으로 선물용으로 팔려 나가고 향기도 없고 볼품없는 잡초들만 바람에 흔들리며 주인집 마당 가를 지키고 있다. 언제나 변함없는 초록빛 진초록빛 연둣빛 때로는 빛바랜 잎들이 같이 하며 새벽이슬과 고운 햇살과 부드러운 바람과 함께 주인집 마당을 지키며 룰루랄라 노래하고 있는 듯하다. 사람도 그럴까? 누구는 잡초 같은 인생이라고도 하지만, 잡초가 어때서! 건강하고 힘세고 때로는 잘났고 누가 뭐래도 굳세게 자리를 지키며 살아가는 그 모습을 김 시인은 놓치지 않고 한 편의 시로 승화시켰다. 잡초도 잡초 나름 이쯤 되면 이 잡초는 성공한 거다, 감히 시인의 마음속에서 다시 태어났으니, 이보다 더 장한 일이 어디 있으랴. 낫으로 베어서 호미로 캐어내 풀 약을 주어 죽이는 대신 시속에 주인공으로 다시 태어났기에 이 잡초는 정말 축복이고 행운을 타고난 것이다. 같은 생명이라고 이쯤 되면 큰 복을 타고난 것이고 행복한 것이다. 잡초를 그냥 잡초로 보고 버리기보다 그의 모습, 생명력, 끈질김, 그리고 강인함을 한 편의 시속에 다시 태어나게 함으로써 비록 정말 볼품없는 잡초로 태어났지만 이보다 더 아름다울 수 없는 풀로 태어난 것에 더없이 행복할 것이라고 생각된다. 잡초로 살면서 하찮은 존재로 누가 알아주지도 봐 주지도 않는 존재이지만 그만의 특색을 살려 더 좋은 하나의 작은 생명으로 태어난 것에 다 같이 축하할 일이다. 무릇 시인이란 이렇게 다른 사람이 미처 보지 못한 것들을, 생각하지 못한 것들에 대해 애정을 갖고 살펴 한 편의 시로 승화시킴으로써 또 다른 생명의 아름다운 모습을 그린 것에 대해 아낌없는 박수를 보낼 일이다.

①
서로 다른 다섯 가지 개성이
사랑으로 빚어낸 오묘한 상큼한 맛
짙은 연분홍 차 마시니
하루 정도는 젊어지겠지
-「오미자」전문

②
푸른 하늘을 지고 가는 구름이 아름답다

키 큰 수수밭 속에서 바람과 해님이

흙 침대에 누워 사랑을 하다
-「9月」전문

③
검붉은 보석들을 촘촘히 안고

사랑을 한다

누가 볼까 수줍어 웅크려 숨어 웃는다

때가 되며 가슴을 천천히 열고

빠알간 눈물을 흘리며 조용히 눕는다
-「석류」전문

④

젖은 비는 유리창에

슬픈 눈물을 뿌려 놓고

말없이 가 버리네

-「비」 전문

김 시인의 시 중에서 짧은 시 몇 편을 골라 봤다. 김 시인의 짧은 시는 한마디 말을 했을 뿐인데 오래도록 여운이 남는다. 그의 말은 그냥 생각나는 대로 뱉은 것이 아니라 오랫동안 뱃속에서 곰삭아 내놓은 말이기 때문에 더욱 사람들의 가슴 속을 울린다. ①의 오미자는 한 알의 열매에 다섯 가지 맛이 있다 해서 오미자이다. 그런데 시인은 이 다섯 가지 맛을 차로 만들어 마시니 '하루 정도는 젊어지겠지' 하는 기발한 발상을 한다. 그렇다. 오미자가 갖고 있는 단맛 신맛 쓴맛 매운맛 짠맛 등 다섯 가지를 그 붉은 작은 한 알 열매속에 소중히 간직하고 있는 것을 한주먹 따서 정성을 다해 차로 만들어 마셨으니 당연히 하루쯤 젊어지는 것이리라. 시가 갖고 있는 특권은 하루쯤이 아니라 백일 아니 몇십 년을 젊어진다 해도 좋을 것이다. 시가 갖고 있는 비과학적 비논리적 비상식적인 것들이 때로는 시의 맛을 상큼하게 할 수도 있다. 시인이 갖고 있는 상상력은 무한하기에 여기서 시인은 오미자와 젊음을 서로 연관시켜 오미자가 갖고 있는 매력을 선보이고 있다. ②의 9월은 '키 큰 수수밭 속에서/ 바람과 해님이 / 흙 침대에 누워 사랑을 한다'라고 말하고 있다. 수수밭을 지나다 보면 바람 지나는 소리가 솨 하고 들린다. 그 뒤를 언제 왔는지 햇살이 쫓아가고 있다. 아니, 보는 이에 따라서는 햇살이 먼저 와 바람을 기다리고 있다고도 할 수 있다. 그런 수수밭에 누가 먼저랄 것도 없이 바람과 햇살이 만났다. 그리고 둘은 서로 보이지 않기에 뜨거운 사랑을 나눈다. 물론 지나는 사람도 풀숲의 풀벌레들이나 구름도 하늘도 그들이 정겨운 사랑을 나눈다는 것을 알 수가 없다. 그들은 보이는 듯하면서도 보이지 않고 보이지 않는 듯하지만 이미 만천하에 함께 있는 것을 보여주기에 그들 나름대로 사랑법 속에 잠겨 있는 것이다. 아마도 수수밭의 햇살과 바람의 사랑은 9월이 오는 소리 일 게다. ③은 석류의 사랑을 노래했다. 검붉은 보석들이 촘촘히 붙어 서로 떨어질 줄을 모르고 사랑을 한다. 그들은 매우 정열적이고 진한 사랑을 한다. 누가 볼까 봐 정해진 그 속에서 가뜩 웅크리고 진한 사랑을 하는 것이다. 아니 누가 보건 말건 그들의 사랑은 쉴 틈이 없다. 그리고 때가 되면 그 붉은 가슴을 사알짝 열기 시작한다. 그 붉게 영근 가슴을 여는 순간 그는 감춰두었던 붉은 눈물을 흘린다. 그건 슬픔의 눈물이라기보다는 원숙한 사랑을 의미하는 눈물 일 게다. 석류는 사랑을 하면 가슴을 여는가 보다. 그의 가슴 속에는 무슨 생각이 들어 있을까. 누구를 그리워하는 눈물일까. 석류의 사랑의 대상은 누굴까. '빠알간 눈물을 흘리며 조용히 눕는다'라며 이미지의 역동성을 유감없이 발휘하는 김 시인의 새로운 시에 대한 발상은 감히 놀랄만하다. 이는 석류가 안고 있는 상상력과 김 시인의 지성이 충돌하여 조용히 눕는다는 동사적 은유로 승화시키는 시적 힘을 발휘시키기도 한다. 상상력의 자극, 시적 성공을 거두는 역할을 한다. 이는 시적 비유를 생명력이 있는 산 언어로 바꾸는 고차원적인 은유를 말하는 것이기도 하다. 이는 좋은 시를 쓴 서정주나 한용운의 시에서도 자주 볼 수 있는 현상이다. ④의 비를 보면 한 단계 더 승화시킨 은유의 모습을 볼 수 있다. '젖은 비는 유리창에/ 슬픈 눈물을 뿌려 놓고' 라고 동사적 은유를 쓴 것

또한 매력적이다. 언어의 존재 가치를 놓여 있는 상황이 아닌 적재적소에 활용할 수 있는 능력을 말하는 것인데, 여기서 김 시인이 바로 이 시집에서의 남다른 특징이 비협조적인 동사적 활용을 제대로 하고 있음을 알 수 있다. 동사적 은유가 시에 있어서 좋은 점은 인간 사고의 능력을 크게 확산시킬 수 있다는 것이다.

3. 어머니 영원한 마음의 고향, 감사합니다, 고맙습니다, 사랑합니다

> 곱디고운 꽃들이 눈웃음지으며
> 자기 보러 오라고 손짓하는데
> 난, 곰팡이꽃
> 씨도 없이 태어나 숨어 사는 곰팡이꽃
> 심지도 않았는데 그냥 피어 숨어 사는 꽃
>
> 탁한 습기가 나도 모르게 피어난 꽃
> 사람들이 날 보면 끄집어내 뭉개 버릴지도 몰라
> 웅크려 더 작아지도록 숨어숨어 숨죽이는 꽃
> 뭐, 죄지은 것도 없는데
> 세상 구경 못 해 보고 숨어 우는 꽃
> 누군가 나같이 살고 있나요?
>
> 그래도 예쁜 꽃보다 곰팡이꽃이 더 오래 산다는 걸
> 아는 사람은 다 알지요

사람들이 자기 몸에서 매일매일 버려지는 배설물을
문 꼭 닫고 숨어서 버리는데
살짝 잠들었던 곰팡이꽃이
물 내리는 소리에 고개를 들고 생각하니
역한 냄새 나는 건, 너나 나나 거기서 거기

그래도 메주에 착한 곰팡이꽃으로
집도 짓고 살았으니
후회는 없어
날 좋아하진 않겠지만
곰팡이꽃 이름은
많이들 들어 알고 있을걸……

-「곰팡이꽃」 전문

이 시는 음식에 또는 누룩이나 오래도록 습기 찬 곳에 놔두었던 옷가지들에 핀 하얀 곰팡이를 꽃으로 이름 지어 놓고 새로운 시선으로 보아 온 것을 한 편의 시로 승화시킨 작품이다. 여기서 특히 주목할 것은 '씨도 없이 태어나 숨어 사는 곰팡이꽃/ 심지도 않았는데 그냥 피어 숨어 사는 꽃'이다. 그렇다 곰팡이꽃은 씨를 뿌린 적도 없고 심은 적도 없는데 자기에게 맞는 습도와 온도 그리고 장소가 함께 비슷한 조건이 되어 찾아왔을 때 일어나는 현상이다. 시인은 그 순간을 놓치지 않고 한 편의 시로 재탄생시킨 것이다. 그는 당연히 조건과 환경이 맞아 세상 밖으로 나왔는데도 불구하고 숨어 살아야 하고 숨어 울어야 하고 숨어 숨 쉬어야 한다. 참 기구한 운명이 아닐 수 없다. '그래도 메주에 착한 곰팡이꽃으로/ 집도 짓고 살았으니/ 후회는 없어'라고 곰팡이꽃이 오히려 인간에게 도움을 주는 존재로 왔음을 오히려 감사히 생각해야 된다는 것을 은근히 암시해 주고 있는 듯하다. 이 곰팡이꽃은 어디에 피느냐에 따라 사람에게 해롭고, 무해 하기도 하다. 다시 말해 메주에 피는 곰팡이꽃은 오히려 사람에게 이로움을 준다. 일반적으로 음식에 곰팡이가 피면 인체에 해롭다고 모두 버린다. 그런데 메주만은 예외다. 오히려 사람에게 간장 된장을 만드는데 콩의 단백질을 분해하는 프로테아제(protease)를 대량 생산해 주는데 이를 누룩곰팡이라고 부르는 것이다. 시인은 이 곰팡이꽃을 착한 메주 곰팡이로 표현한 것으로 보아 메주에 피는 곰팡이인 것이 확실하다. 곰팡이꽃은 습한 곳에 숨어 살지만 결국은 누군가를 위해 자신을 희생하는 착한 존재라는 것을 시사하고 있다. 사람도 마찬가지다. 내가 누군가에게 크게 잘못한 것도 없으면서 숨죽이고 사는 것은 보이지 않는 곳에서도 내가 해야 할 일이 있기에 그러므로서 많은 사람이 살아가는데 무언가 도움이 된다고 생각하기에 묵묵히 내 할 일을 하고 사는 것이다. 곰팡이꽃과 나의 삶의 방식과 비슷한 맥락이라고 할까. 시인은 곰팡이꽃이라는 시를 통하여 자신의 삶의 방식이 곰팡이꽃이 사는 방식과 비슷하다는 것을 피력하고 있다.

채, 이름 부르기 전 울컥 눈물이 납니다
살아계셔서 기쁜 눈물입니다
날 시집보내고 보고 싶어 제 곁에 이사 오신 어머니!
오십 넘은 딸 김치 담가 주시며 행복해하시던 어머니!
어머니 속 사람은 그 곱던 목련꽃 눈웃음 그대로 신데
얼굴은 너무 늙어 낯설어진 타인 모습 슬퍼집니다

모든 것은 다시 얻을 수 있지만 어머닌 세상에 한 분뿐인데
살아오신 날 보다 사실 날이 짧아 불안해집니다
어머니 없이는 못 살 것 같던 난
왜 좋은 것 있으면 제 자식이 먼저였는지요?
라일락 향보다 더 진한 어머니 내음이 내 심장에 고여
대답할 수 있는 어머니 불러 봅니다

어머니 아무 낙이 없어도 짐이 된 몸이라도 살아만 게세요
이미 늦은 후회에 헛된 눈물 흘릴까 봐
잘해 드릴게요, 어머니!

-「어머니」 전문

　김 시인의 시들이 모두 진술하고 겸손하고 깊은 맛이 있지만 그 중에 어머니란 시가 가장 김 시인의 진술함이 묻어 나는 시라고 말하고 싶다. 이 시는 비단 김 시인뿐만이 아닌 이 땅에 어머니가 있다면 이 땅에 어머니로부터 태어났다면 누구나 그런 마음을 지니고 있을 것이다. 우리들의 어머니는 누구나 할 것 없이 모두가 그랬다. 그리고 우리들 모두 어머니에 대한 그리움과 고마움과 사랑스러운 마음은 똑같을 것이다. 라고 말하고 싶다. 누구나 다 어머니로부터 깊은 사랑을 받고 자랐기에 어머니에 대한 끝없는 고마움을 어찌 잊을 것인가. 그래서 김 시인은 지금도 말한다. '어머니 살아만 계서요/ 잘해 드릴게요. 어머니!' 그래 무엇을 어떻게 얼마만큼 해야 잘하는 것인지는 모른다. 그러나 분명한 것은 지금 어머니가 곁에 계시기 때문에 오래오래 살아 있기를 염원한다. 내가 할 수 있는 한 무엇이라도 해드리고 싶기 때문이다. 일찍이 樹欲靜而風不止 하고

子欲養而親不待 라고 하지 않았던가. 이는 공자가어孔子家語의 풍수지탄風樹之嘆에 나오는 말로 나무는 조용하고 싶지만 바람이 그치지 않고 자식은 부모를 봉양하고자 하나 부모는 기다려 주지 않는다. 라고 하지 않았던가. 자식은 효도를 다 하지 못하여 슬프고 부모님이 세상을 떠나서 슬프다는 것을 말한 것이기에 부모가 살아계실 때 효도를 다 하라는 것을 명심해야 할 것이다. 그래서 김 시인은 지금 어머니에게 말씀드린다. 어머니 그저 살아만 계시옵소서 하고, '어머니 속 사람은 그 곱던 목련꽃 눈웃음 그대로인데/ 얼굴은 너무 늙어 낯설어진 타인 모습 슬퍼집니다'라고 말하는 자식의 애틋한 마음이 구구절절 솟아 나오는 시이다. 김 시인의 어머니에 대한 극진한 효도를 보며 지금과 같이 자기만 잘 살자 하고, 부모를 홀대하는 사람들이 많은 시대에 김 시인의 어머니에 대한 눈물겨운 효성스러움은 많은 사람들에게 본보기가 될 것이다. 이렇듯 어머니가 자식에 대해서는 무한 사랑이듯이 자식 또한 부모에 대해 무한 효도해야 하지 않을까 하는 마음이 저 깊은 곳에서부터 진심으로 올라오게 만드는 시이다.

지금까지 김 시인의 내적 세계를 들여다 보았다. 그가 살아오면서 정신적 고뇌를 했던 것들에 대해 진솔하게 표출시킨 시들이 많은 독자들에게 울림을 줄 것으로 기대한다. 시가 좀 서툴고 부족한 것은 부족한 대로 좋은 것은 좋은 것대로 모두가 김 시인을 지키는 정신적 보료들이다. 시의 가치는 무릇 진실되고 성실함에서 비롯된다고 생각된다. 적어도 이 『곰팡이꽃』 속에서의 김 시인의 시들은 무척 진솔함이 가득 차 있다고 생각된다. 그는 시뿐만이 아닌 실제 생활도 매우 성실하고 진솔할 것이다. 왜냐하면 그의 시 속에서 묻어 나오는 향기가 바로 진솔하기 때문이다. 이는 단순히 하루아침에 이루어지는 것이 아니다. 그의 칠십 평생이 일구어낸 결과라고 볼 수 있다. 그의 인생이 자신에 대해서 세월에 대해서 매우 솔직하고 진솔했기에 그의 작품 하나하나에서 묻어 나오는 향기 역시 진솔함이 가득 배어 있는 것이다. 시 속에서 말하는 은유나 직유 등 표현법들은 또 시를 계속 써가면서 보완하면 된다. 시는 어느 한순간에 모든 것을 다 이루지 못한다. 평생 시를 쓴 시인들도 더 좋은 작품을 썼으면 좋겠다, 하며 아쉬움을 갖는다. 이는 모든 글 쓰는 이의 공통의 숙제라고 할 수 있다. 모쪼록 김 시인이 일궈낸 작품들을 숙독하면서 김 시인이 쌓아 온 시적 내공에 경의를 표하며 앞으로 더 많은 시 더 좋은 시들을 발표하여 제2, 제3의 시집들이 발간되기를 기도한다. 그리고 『곰팡이꽃』 시집이 보다 많은 독자에게 사랑받기를 기도한다.